Irene Pietsch

Gattissimo!

Mandamos Verlag

Umschlag und Buchinhalt: Irene Pietsch
Sämtliche Collagen© „Füße“, „K-Collagen“ und deren Bearbeitung©: Irene Pietsch

Verlag: Mandamos Verlag UG
(haftungsbeschränkt)
Alte Rabenstr. 6, 20148 Hamburg

Herstellung und Auslieferung:

tredition GmbH,
Grindelallee 188, 20144 Hamburg

ISBN
Paperback 978-3-946267-24-9
Hardcover 978-3-946267-25-6
e-Book 978-3-946267-26-3

Printed in Germany

Matthias zum Beginn des 75. Lebensjahres

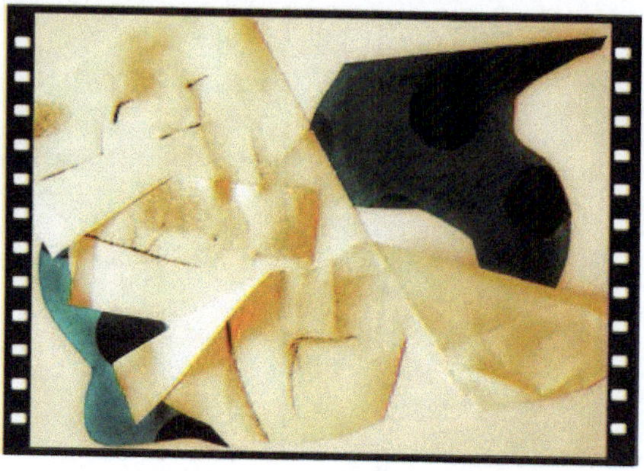

German Mantra

Die Sage, dass eine Katze 7 Leben hat, bewegt sich in einem Rahmen, der weit über den unserer Volksweisheit hinausgeht. Vor diesem Hintergrund entstanden zahlreiche Collagen.

Für „Gattissimo" habe ich aus dem Gesamtkonvolut von über 170 Bildern einige wenige ausgewählt, die mir typisch für die jeweilige Kreativphase scheinen und dem Text folgen.

Die Erzählung selber ist meinem Buch „Katzikatz bitte melden" entnommen, die vor dem Hintergrund entstand, dass ich von dem Schicksal einer kleinen Katze erfuhr, die eines Tages halb tot vor dem Personaleingang einer Bad Doberaner Reha-Klinik gefunden und gerettet wurde. Ich habe das Buch nach einer medizinischen Skizze von Dr. med. Peter Kupatz mit Computer animierten Zeichnungen versehen.

2012 erfuhr „Katzikatz bitte melden" seine Präsentation im Hörsaal der Hamburger Abi-Warburg-Bibliothek.

Irene Pietsch

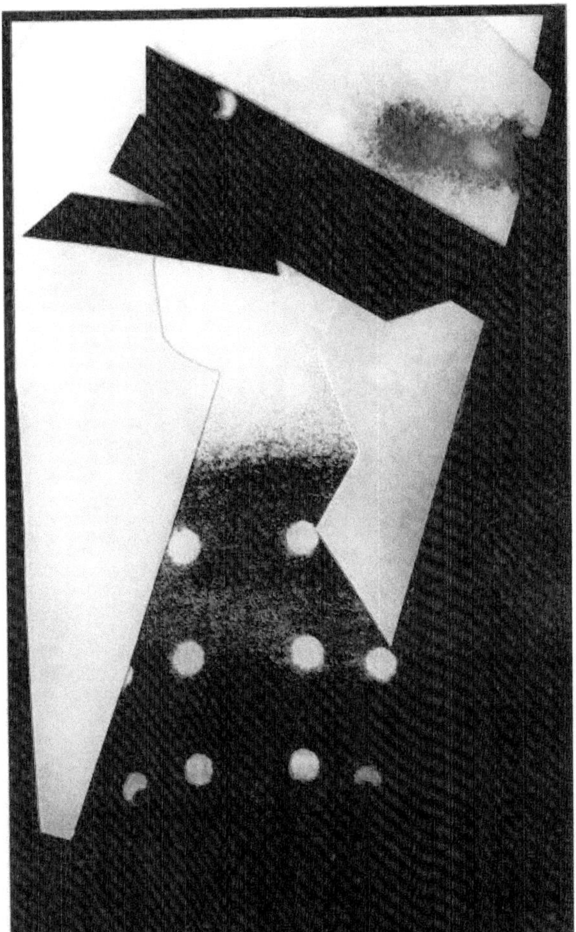

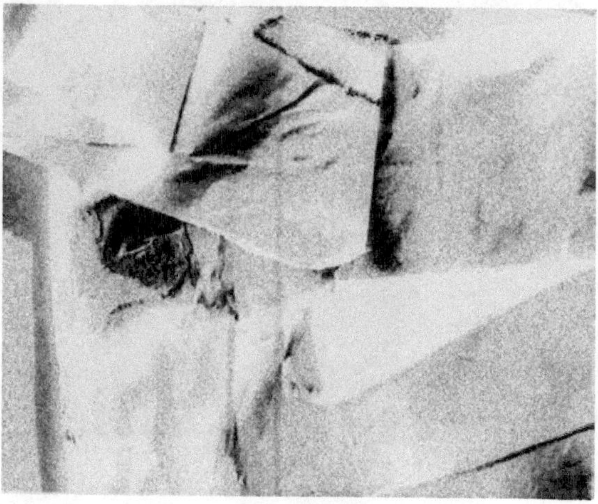

1

Ich sage es gleich vorweg:

Alles war ganz anders, ist es noch und wird es bleiben, wenn …

Ja, wenn es nicht den Freitag gäbe, den Freitag im Allgemeinen und im Besonderen.

Freitag, je nach Zählung der 5. oder 6. Wochentag, aber in jedem Fall ein Tag mit Imponiergehabe.

2

Plötzlich war das Thema Katze da.

Wahrscheinlich kam es montags auf. Nicht einmal, nicht zweimal, sondern an allen folgenden Tagen und überall.

Katze war nicht genug.

Zwei Katzen.

„Zwei Katzen?“

„Zwei Katzen!“

„Zwei Katzen zusammen?“

„Wo kommen wir da hin!“

„Eine Katze uuund???“

Kunstpause.

Dann wie der Stoß aus einem Maschinengewehr:

„Katta."

„Ein was?"

„Ein Kaaata."

???

„Ein Kahater".

Denkpause.

„Was!!?? Ein Kater?"

Das Maschinengewehr: „Jawoll!

Eine Katze und ein Katta."

„Das müssen wir unter Beobachtung halten!“

Wieso „das“ und nicht „die“?

Wahrscheinlich war es an einem indifferenten Mittwoch, als die Frage zum Satzgegenstand wurde.

Die Überraschung über die Dualität eines als Katze wahrgenommenen Wesens mit teilbarer Geschlechtlichkeit legt den Verdacht nahe, die Unentschiedenheit könnte vom Mittwoch herrühren. Unter Umständen vom Samstag, der auch als Sonnabend daher kommt, um leichter mit dem Sonntag verwechselt werden zu können.

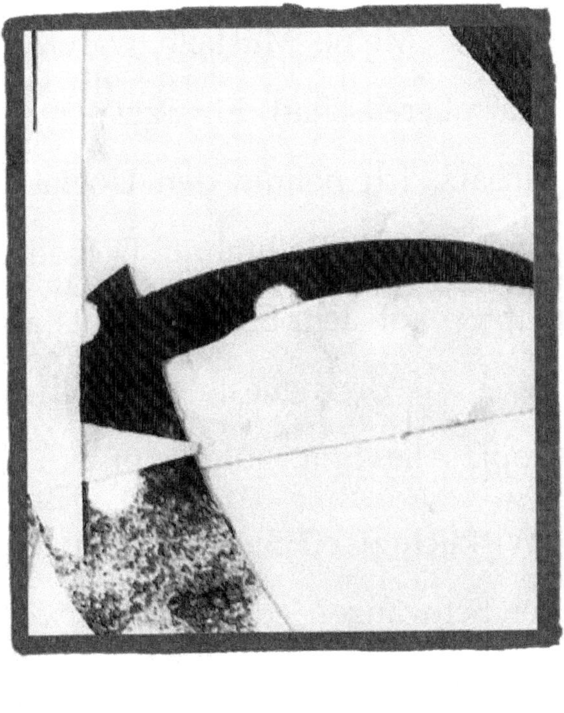

3

„Sind es zwei?“

„E s !“ Meine Muskeln waren in Alarmbereitschaft. Ein Satz – mein Einsatz. Ich nehme den Übeltäter ins Visier. Ein Rollifahrer. Den ollen Laptop auf dem Schoß. Nichts anderes als die neueste Statistik im Kopf. Alles Spitz auf Knopf.

„Wirklich zwei? Sind da nicht sieben Schwänze? Jede Wette: es werden mehr!“

Er wettete mit sich selber. „Topp, die Wette gilt.“

Er schlug sich auf die Schenkel. „Katzen und Sex sind wie Rothaar und Hex."

Auch das noch! Ein Möchtegern mit Ambitionen. Denker fällt aus, bleibt nur noch Dichter. Ich halte den Mund. Aus gutem Grund. Mir drehte sich jeder einzelne meiner Mägen um, der Morgen- Mittag- und Abendmagen. Sogar der Hochzeitsmagen. Ich hatte ihn mir nach Abschluss der Berufsschule zugelegt. Für alle Fälle.

4

Ich will nicht ungerecht sein, aber Vermutungen sollten ungeprüft nicht ausgesprochen werden. Selbst nicht im Testfall. Die Gerechtigkeit nimmt ihren Lauf.

Muss ihn nehmen!

Wofür ist Geduld unsere Stärke? Sieben magere Jahre sind jedoch genug. Sieben Jahre, in denen ich fein säuberlich darauf achtete, den Ruhm der Katzen zu mehren. Jegliches Katz- und Mausspiel wurde weitgehend aus dem Repertoire verbannt. Ich lege Wert auf soziales Verhalten.

Arme Kirchenmäuse? Nie! Feldmäuse nur im äußersten Notfall.

Ich habe genau mitgezählt. Sieben Jahre lang!

Erst Kindergarten. „Armer schwarzer Kater“ war Mimiktraining für Menschenkinder, die sonst nichts zu lachen haben. Dann Vorschule mit dem großen ABC.

Danach durfte ich nie wieder in den Schnee. Meine weißen Pfoten galten bei Vollbeschäftigung meiner allein erziehenden Mutter als zu pflegeintensiv. Die Konsequenz: eine weiterführende Berufsschule. Ich erwähnte sie bereits. Später bildete ich mich im Fernstudium weiter. Im Jagdkurs für Fortgeschrittene wurde ausschließlich Jäger- und Küchenlatein gesprochen. Die Beutevorschläge wurden dahingehend geändert, dass wir Fangquoten für vom Aussterben bedrohte Mäuse einführten.

Es blieb bei einem Tabu für arme Kirchenmäuse, während Münstermäuse, unter Einhaltung der Regeln des Artenschutzes, in unser Jagdprogramm aufgenommen wurden.

„MüM“ und „KiM“ waren Codes, die wir gerne gebrauchten, wenn wir einen Jagdausflug planten.

„MüM“ stand für „Attacke“, „KiM“ bedeutete „Vorsicht“.

5

Sieben Jahre! Ein paar Tage bleiben noch bis zur Vollendung des Siebenten, des verflixten. Die will ich anständig hinter mich bringen.

A n s t ä n d i g!

Ich lege eben Wert auf Gerechtigkeit, deshalb finde ich es auch nicht anständig, dass ich als Schoßhund herhalten muss und hinter den Ohren gekrault werde.

Dummerweise gibt es über diesen meinen Gerechtigkeitssinn stark differierende Meinungen, wenn ich leicht gereizt auf Beschimpfungen reagiere.

„Verfluchter Kater!

Kahater, Mistviech, du!“

Alles in einem Atemzug. Ich warte darauf, dass sie Luft holen. Die Meinungsbildner. Dann mache ich sie rhetorisch nieder. Meine Argumente sprechen für sich: Äpfel.

Heißen sie lediglich „Cox“ oder „Jona“?

Nicht nur das! Sie werden sogar mit Birnen verwechselt. Ich als schwarze Katze sage: „Das ist eine schlichte Unverschämtheit! Mobbing in der Obstkiste ist das!

Diebstahl! Wer sich an Orange und Gold vergreift, kann nur von Neid getrieben sein.“

Die Vermutung liegt nahe, dass die Birnen dahinter stecken. Sie versuchen zwar, sich durch Umkreisen ihrer eigenen Mitte etwas mehr in Form zu trimmen, aber die fröhliche Rundumfigur von Cox mit Orange und Jona mit Gold werden sie nie erreichen.

Das ist ausgleichende Gerechtigkeit. Sagt mein Gerechtigkeitssinn.

Mit Cox und Jona, mit „Kaaata“ und „Kahater“ muss endlich Schluss sein. Im Namen der Gerechtigkeit. Ich habe mich schon erkundigt, wie und durch was, aber nur noch nicht die richtigen Partner gefunden, meine Vollwertigkeit unter Beweis zu stellen.

Man lässt mich nicht!

Man schleicht um mich herum wie die Katze um den heißen Brei. Für etwas anderes als für „Kaaata“ oder „Kahater“ sei ich überqualifiziert, wurde zur Verunsicherung mit Engelszungen versichert.

„Sie lügen“, dachte ich bei mir und hielt meine Katzenzungen im Zaum. Die Gesamtbetriebsversammlung würde mein Forum sein. Noch heute.

6

Noch immer sehe ich die sich heranschiebenden Gestalten vor meinem geistigen Auge, als ob es erst gestern gewesen wäre. Mürrisch sehen sie aus. Die manuelle Therapie en bloc.

Doch wo sind die Hände?

Ich meine, man geht nicht zu einer Gesamtbetriebsversammlung ohne Hände! Wie soll man mich sonst überhaupt verstehen?

Ich stutze und erkenne eine ausgeprägte Zunahme von Ellenbogen. Martialisch mutet das an. Eine richtige Front.

Ich war stets der Annahme, eine Betriebsversammlung ist ein fröhlicher, verbindlicher Meinungsaustausch, eine Gesamtbetriebsversammlung erst recht. Stattdessen ist eklig nonverbaler Krieg angesagt.

7

Glücklicherweise kenne ich Schleichwege. Immer hautnah an den Beinen längs. So schiebe ich mich nach und nach, Bein für Bein nach vorne. Mich wundert, dass keiner versucht, mich zwangsweise zu beglücken.

Wie oft haben mich gerade die am Nackenfell zu sich heraufgezogen, denen ich testweise nahe gekommen bin. Sie haben mich geherzt und mir ihren schlechten Atem ins Gesicht geblasen, bis ich dem einen oder anderen etwas unschön auf die Oberhaut gekotzt habe.

Ich kann da nichts zu, ich bin einfach allergisch gegen Leute, die mich vereinnahmen wollen, ohne von mir auf ein Zeichen zu warten, ob ich sie mag.

Das sind dann aber auch diejenigen, die mir irgendwann einen hübschen Fichtenkratzbaum zum Liebkosen hinstellen.

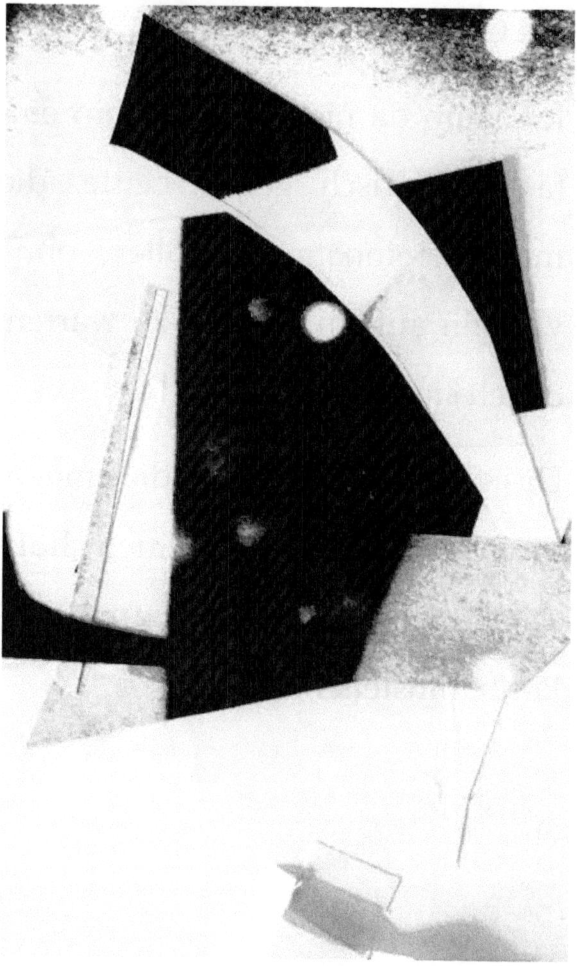

8

Meine Krallen, deine Krallen, ihre Krallen. Und was für welche! Wie wäre es mit einer nach Weihnachten abgetakelten Nordmanntanne als Kratzometer für sie?

Ich habe gar nicht geahnt, dass es so viele Tarnfarben für Nägel gibt. Hier und da lecke ich mal zart einen rosa Mittelzeh. Einen froschgrünen kleinen Zeh versuche ich ganz leicht anzuknabbern. Ich gestehe, das Resultat ist für unsereins in jeder Hinsicht unbefriedigend.

Viel Makulatur um nichts. Die Betriebsversammlung etwa auch?

Keiner nimmt mich zur Kenntnis. Nie war ich kleiner und katziger. Nie waren die anderen so sehr mit sich beschäftigt. Der Gerechtigkeit halber kann ich irgendwie verstehen, dass es Krampf erzeugend ist, die Hände konsequent inaktiv zu halten. Und wo sie die eingeklemmt haben! Unter Achselhöhlen, in winzigen Uhrentäschchen am Bund ihrer Hosen und sonst wo.

Von unten hat man gelegentlich einen besseren Überblick.

Geredet wird auch. Ganz ohne Hände. Das ist erstaunlich und gekonnt. Anderes kann ich nicht attestieren. Wenige Wörter sagen manchmal mehr, wenn auch nicht viel: „Genau!“, höre ich gerade wieder. „Sage ich doch.“

„Genau!“ Das Wort wandert durch die Reihen.

„Sage ich doch“, stimmt der Chor ein. Es ist der einstimmigste Chor, dem ich je lauschen durfte. Wenn das keine Gemeinschaft ist, die das gemeinschaftliche „Ich“ aktiviert, solange die Hände deaktiviert sind, dann weiß ich, welche es mit Bestimmtheit ist!

„Genau!“

„Sage ich doch“.

Ich habe keine Ahnung, um was es geht, was „genau“ ist und warum dieses rätselhafte „Sage ich doch“ als ein Refrain aufgebaut ist, wo kein anderer mehr als „genau“ zu „sage ich doch“ sagt.

Rätsel reizen mich. Ich muss schließlich wissen, in was ich mich einmischen werde, bevor etwas zum massiven Vorurteil gegen meine Rechte ausschlägt.

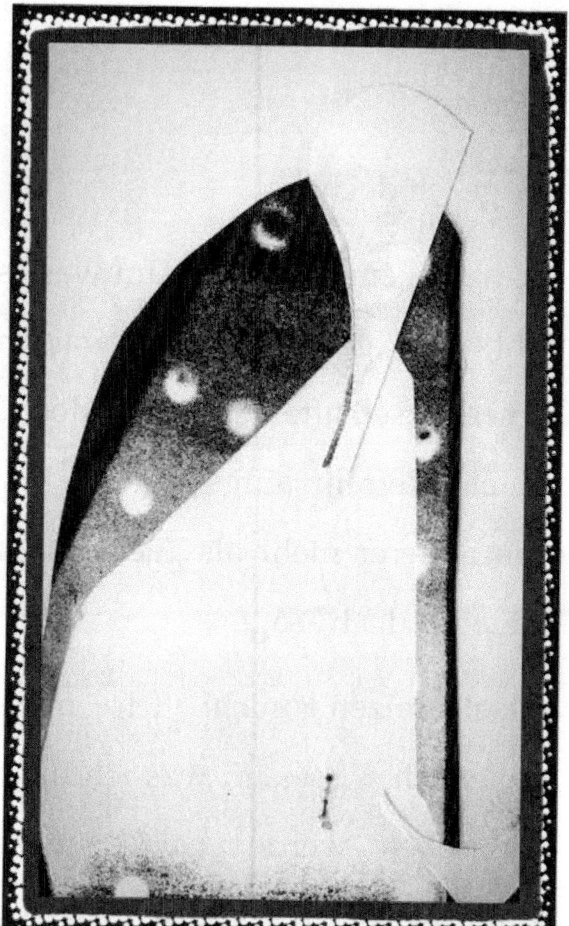

9

Meine Beine schienen Teleskopstangen zu sein, meine Pfoten auf die Größe von marokkanischen Sitzpuffs anzuschwellen. Ich wurde zur Großkatze, zum Panther.

Mein Magen grollte dumpf und gefährlich, allerdings vor Hunger, was keiner außer mir wusste und keinen etwas anging. Ausgewachsene Panther haben offiziell nie Hunger. Sie schlagen einfach zu.

In gleicher Zeit, in gleichem Maße wie ich wuchs, wurden alle anderen kleiner. Genau um einen Kopf. Die Optik wäre unter anderen Umständen zum Lachen gewesen: der Knick zwischen Kopf und Hals ergab kollektives Glotzen aus müden Augen auf mich im Stretchanzug. Darin deutlich sichtbar: mein Knurrproblem.

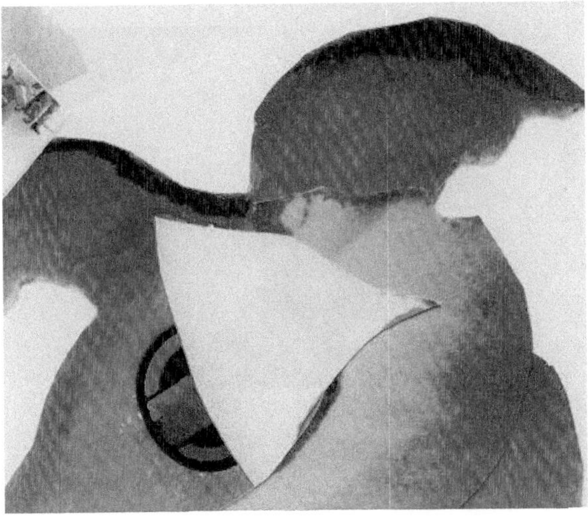

… „Ihr Anliegen?“

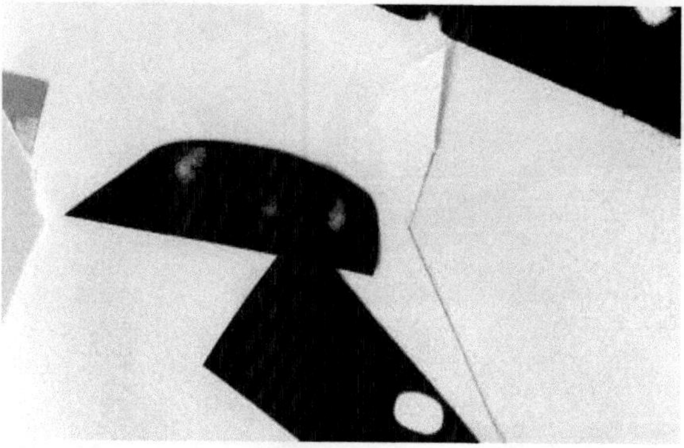

Ein Mann in wichtigem Weiß hatte sich leise in meine Nähe gepirscht.

Oder war ich es selber gewesen, die sich in seine ...?

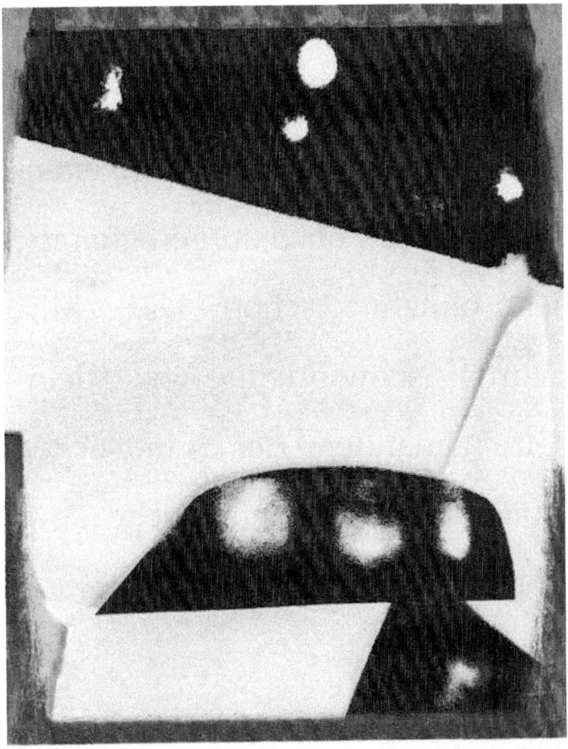

Oder wir beide gleichzeitig, so dass wir uns jetzt genau da trafen, wo er vor mir den Kopf leicht senkte, was als Richtungsweiser anzunehmen war, aber auch eine freundliche Begrüßung hätte sein können.

Die Vielfalt der Möglichkeiten machte mich noch aufgeregter als ich ohnehin schon war. Mir wurde schwindelig von dem Durcheinander der Eindrücke, von denen die persönliche Ansprache am lautesten hallte.

„I h r Anliegen !“

Ich war also wirklich groß! Ich hatte einen Wert. Wäre ich sonst so höflich aufgefordert worden, meinen Diskussionsbeitrag zu Gehör zu bringen?

... *„Ihr Anliegen, bitte!"* ...

Es klang nach wie vor freundlich, aber drängender.

Ich schielte nach oben und bekam gerade noch mit, wie alle Köpfe wieder in Paradestellung gingen. Vorzeigbar, auswechselbar. Ein wenig Mensch, ein wenig Hund, ein Hauch von Vogel.

10

Meine Aufregung stieg ins Fiebrige. Ich knurrte, ich maunzte. Vor mir, genau vor mir tickte Famosa M.'s Uhr unerbittlich regelmäßig und laut.

Sie hatte also eine Uhr!

Ich für meinen Teil trage meine nicht um ein Vorderpfotengelenk gewunden, sondern unsichtbar in meinem Kopf eingebaut. Über Geschmack lässt sich nicht streiten. Aber man darf ja wohl mal gelinde zweifeln ...

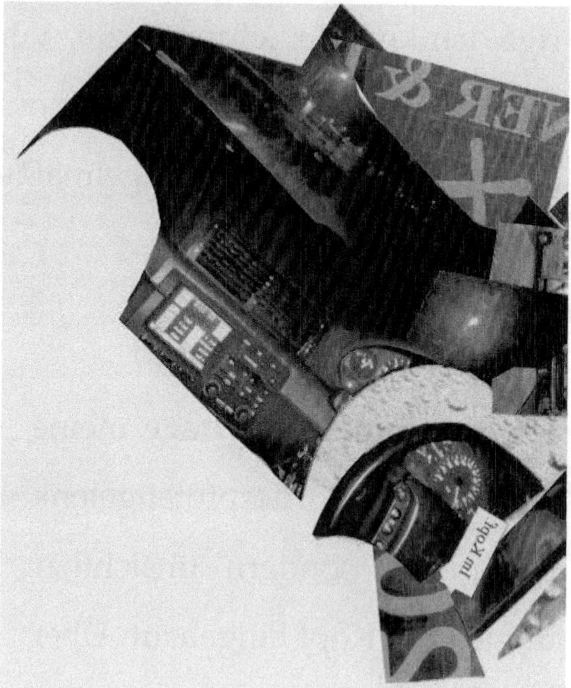
Im Kopf

Geschmacksfrage hin oder her, ich hätte Famosa M. nicht Nachlässigkeit und Unpünktlichkeit unterstellen sollen, wenn sie morgens nicht um Schlag sieben Uhr zur Nachbereitung meiner nächtlichen Jagden das neutralisierende Trockenfutter bereitstellte. Da beißt die Maus keinen Faden von ab.

Wie komme ich jetzt gerade darauf? Auf die Maus mit dem nicht abgebissenen Faden? Haben Mäuse einen Gerechtigkeitssinn, der sie nicht aus dem graumäusigen Gleichgewicht bringt?

Ich schäme mich!

Wie hochmütig hatte ich Famosa M. meine Unabhängigkeit demonstrieren wollen, wenn ich schon um 7.01 Uhr auf meinem Lager den Geschmack von schlecht verdaulichen Altratten nicht loswurde und genau das ihr anlastete.

11

Die Uhr tickte, ich schämte mich nach wie vor. Im Sekundentakt. Die Uhr beeindruckte das nicht im Geringsten.

Ein finsteres Murmeln drohte sie zu übertönen.

Ich geriet aus dem Ticktakt.

Das böse Wort vom Katzenellenbogen fiel. Wer immer es nicht hatte bei sich behalten können – es war da und machte die Runde.

Hunde!

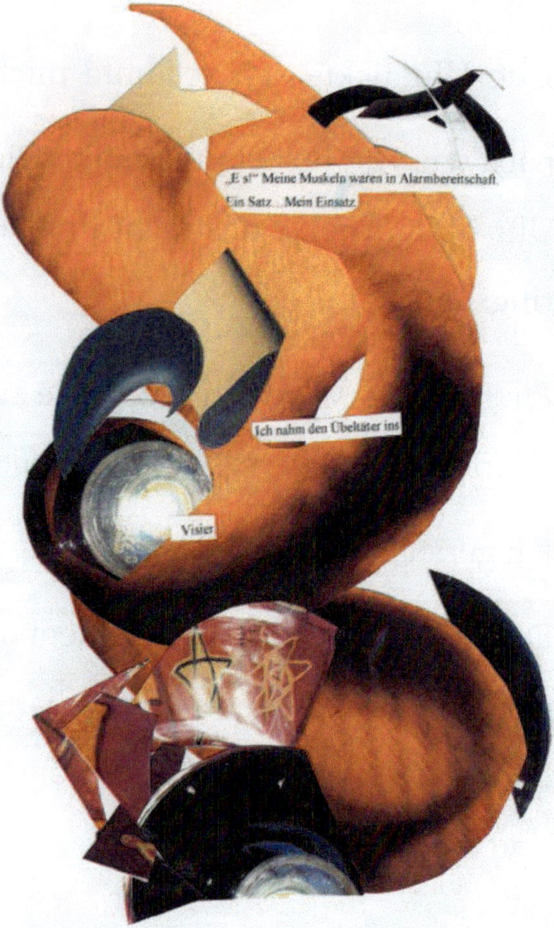
„E s!“ Meine Muskeln waren in Alarmbereitschaft.
Ein Satz … Mein Einsatz.
Ich nahm den Übeltäter ins
Visier

Ich war erschüttert, so stark, dass meine Teleskopstangen sich rapide und radikal verkürzten. Die Großkatze fiel in sich zusammen. Ich war wieder ich.

Klein, schwarz und hungrig.

„Kommen Sie morgen Nachmittag zu mir und lassen Sie sich einen Termin geben."

Das wichtige Weiß hatte zu mir gesprochen. Ich verstand nichts mehr. War Famosa M. gar nicht die Einweisung?

Gab es etwa zwei dieser ominösen Institutionen?

Wer ordnete wo, wen?

Wann über, wann unter?

Sollte auf diese Weise zu viel Schematisierung und Aushöhlung von Kreativität vorgebeugt werden?

Aus eigener Erfahrung kann ich sagen, dass es eine hervorragende Idee wäre. Das mit der Stupiditätsprophylaxe. Keine Monokultur ist auf Dauer produktiv, kein Jagdgrund ist ewig! Alles dummes Zeug von Leuten, die von der Praxis keine Ahnung haben! Die mit ihrem „Kaata“ oder „Katta“ und Schlimmerem: „Katzenellenbogen“.

Der wichtige Mann im gewichtigen Weiß befand sich im Schnellgang auf dem Weg zum Ausgang. Er hielt wie in einer Vollbremsung, bohrte seinen Blick in die paradierenden, marodierenden Köpfe und flüsterte so leise und scharf in sie hinein, dass es durch alle Köpfe hindurch bis ans Ende der Welt hätte gehört werden können:

„Katzenellenbogen haben ganz andere, zu ganz anderen Zwecken."

Sprach's und verschwand, bevor sich die so Getadelten dumpf benommen ihrer Hände erinnerten.

Mich zog es nach draußen. Der Weite und Höhe wegen. Ich war in der ganzen Bescheidenheit meines Auftritts ernst genommen worden! Damit wollte ich pfleglich wie mit einer Beförderung auf eine neue Anerkennungsebene umgehen.

Bei Einbruch der Dämmerung legte ich das neue Selbstbewusstsein unter eine Nebelbank, damit es mir keiner stehlen konnte.

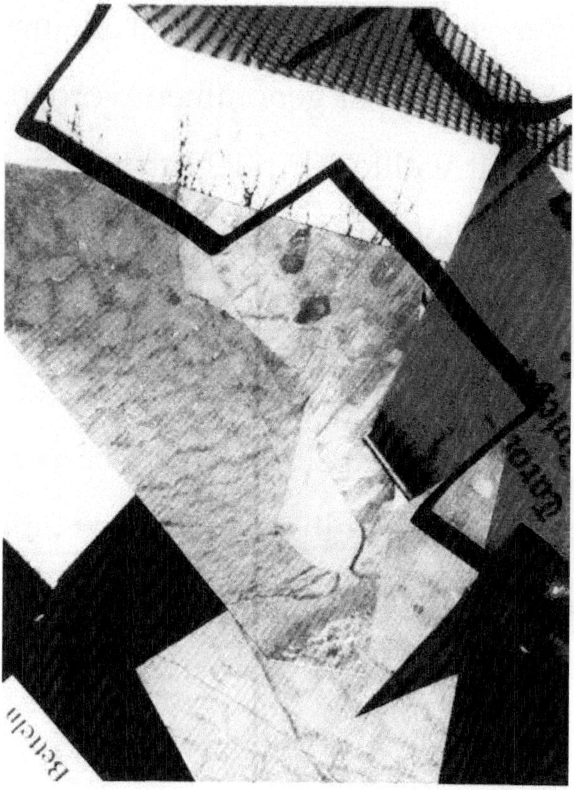

12

Als die Mitternacht näher zog, setzte ich mich schon mal in eine gute Startposition, um gleich auf der Neutagseite zu sein, wenn es soweit war. Ich wollte meinen Auftritt am kommenden Nachmittag keinem noch so matten Zufall überlassen. Jedes Wort musste gewählt, gewendet und geputzt werden.

„Was ziehe ich bloß an?"

Die alte Nummer mit der Einfachwäsche ohne Zusatz – linke Pfote, rechte Pfote, vorne, hinten,

hinten, vorne – würde als Anzug kaum kleiden und als Kleid erst recht keinen Eindruck machen. Dazu noch die ungepflegten Krallen und deren Wildwuchs.

Wieso hatte ich den Einflüsterungen geglaubt, Wildwuchs würde von selber verschwinden? Ich hatte mich letztendlich von allen Wildmöglichkeiten wohl am ehesten von den Kardinalshüten verleiten lassen, die sich bekanntlich in kleine rote Lachsäcke zurückziehen.

Wie sorglos von mir! Jetzt, im wichtigsten Moment meines Lebens, nach der Auswanderung, nach der Einwanderung, nach der Gesamtbetriebsversammlung, stand ich da wie Butter an der Sonne.

Die Frage, wie ich den wichtigen Mann anreden sollte, stellte ich zunächst wegen zu großer innerer Erregung zurück. Ich nahm mir jedoch fest und ehrlich vor, nicht zu vergessen, dass ich ihn auch zu Wort kommen lassen wollte, wenn es sich ergab.

13

Ich bekam Hunger von der Denkanstrengung für die Zukunftsplanung und umschritt mehrfach die Villa Moorhügel, um frühmorgendliche Frühstücker zu entdecken. Der ehrgeizige Vogel mit seinem Wurmfrischfang reizte mich ungemein. Mir zuckte es in den Pfoten. Der Drossel sollte der Spott vergehen. Glück für sie – ich wurde abgelenkt. Von Ferne hörte ich den ersten Hahn krähen. Hoffentlich auf seinem eigenen Mist.

MIST!! Wo hat Famosa M. das Futter versteckt? Sie sollte mich doch allmählich kennen, dass ich selten alles auf einmal auffresse!

Wie da? In ihrem Zimmer ist Licht? Ein Futterdieb? Ein Ordnungsdieb?

Ich schalte auf Nachtsicht mit Abblendlicht. Geländergängig bin ich allemal. Ich arbeite mich über die Gemeinschaftsterrasse vor, bis ich auf einen Sims hechten kann und vollen Einblick in das erleuchtete Zimmer im Hochparterre bekomme. Was ich erblicke, übertrifft meine schlimmsten Befürchtungen.

Famosa M. arbeitet stoisch vor sich hin und scheint nicht im Geringsten an Futter für mich zu denken.

Ich, der frühe Vogel? Fehlanzeige! Der Hahn – mein Mist. Verflucht! Es ist noch nicht sieben Uhr.

„Famosa M., ich habe es mir gerade überlegt, ich steige um auf fünf Uhr! Famosa M.! Bitte! Kann man denn nie einen Fehler rückgängig machen? Am besten aus dem Stand und mit sofortiger Wirkung! Famosa M.! Nur einen Ihrer geneigten Blicke, ein Zeichen Ihrer liebreizenden, offenen Ohren!“

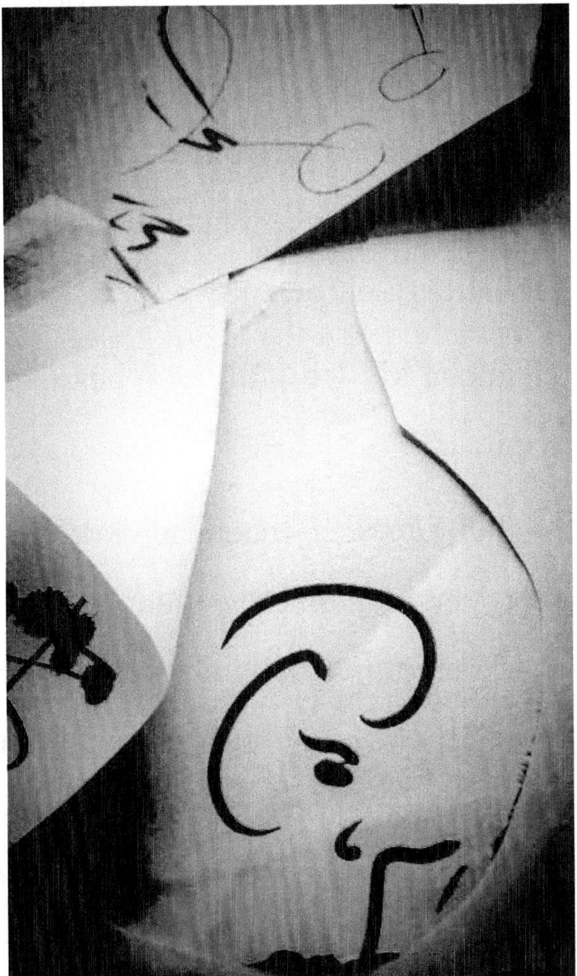

Verdammte Ohrringe! Ohne könnte sie mich besser hören!

Da! Sie blickt auf, blickt aus dem Fenster, überlegt... Nichts! Ich lege ein lautes Gelübde ab:

„Famosa M.! Ich will mich bessern, wenn ...“

Nichts. Dennoch mache ich noch einen Versuch, mich angenehm bemerkbar zu machen und wische mit dem Schwanz die morgenfeuchten Fenster vom Vorzimmer des Chefarztes, wo Famosa M. mit Handakten und Gegenwartsarchiv zweihändig jongliert.

„Famosa M! Nur ein winziges Zeichen der Verbindlichkeit!“

Famosa M. ist verbindlich konzentriert und beides gilt nicht mir.

Ich weiß, was ich zu tun habe.

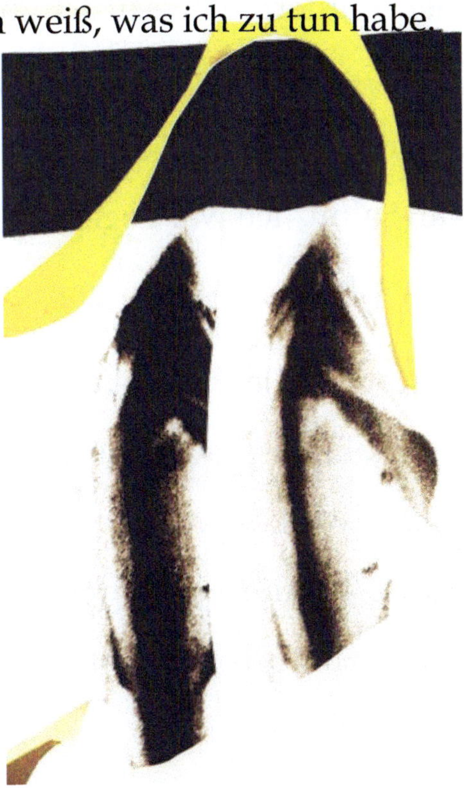

14

Ich zog mich auf mein Hochbett zurück und fing probeweise an, auf meinen Vorderpfoten Muster zu lecken. Eine glückliche Eingebung führte meine Zunge. Salmi reihte sich an Salmi. Ich war begeistert. Es sah fantastisch aus.

Ich konnte mir lebhaft den glamourösen Effekt des haute couture Gesamtkunstwerkes vorstellen. Eine fürstliche Traumrobe vom Schnurrhaar bis zur Schwanzspitze! Was sage ich! Großfürstlich!

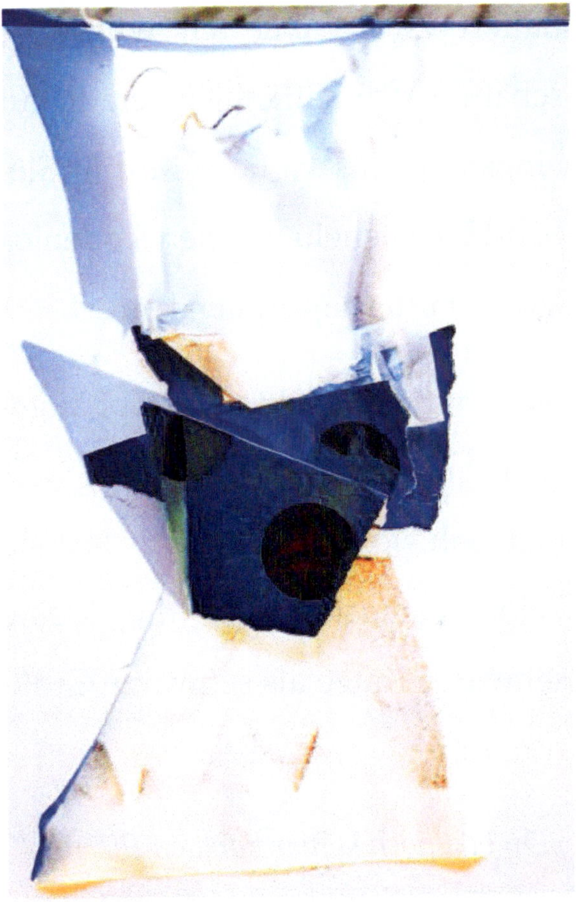

Zaubern für den eigenen Bedarf dauert zwar, aber ich würde es schaffen. Ich hatte mich gerade gut eingeleckt, als Famosa M. mit Sieben-Uhr-Lächeln meinen bodenlos leeren Futternapf füllen kam.

Sie schüttelte leicht den Kopf angesichts meiner akribischen Designarbeit. Sah sie denn nicht…? Hat sie keine Fantasie? Ich, die kleine schwarze Katze als schwarze Großfürstin! …

„Du bist doch keiner von den Pierrots", tadelte sie mich hörbar wissend. *„Friss nicht so schnell."*

So ist sie! Zwei Sätze sind bei ihr wie ein Stapel Bücher voller Inhalt!

Der wichtige Mann, der sich sogar inoffiziell nach ihrer offiziellen Uhr richtet, heißt also Pierrot und ist demnach Einweisung Nr. 1.

Zwischen Einweisung Nr. 1 und 2 scheinen die Anweisungen nur so hin- und herzufliegen. Manchmal auch in Fetzen? In Salmis? Das fände ich besonders hübsch. Ich werde fragen, ob ich mitspielen darf. Ordnungsgemäß. Nach dem Vortrag meines Hauptanliegens. Man soll keinen überfordern.

15

Wie lange hatte ich von der anerkannten Rückkehr und Rückkehr mit Anerkennung geträumt. Nichts war mir mehr Sternschnuppe gewesen. Und nun! Nun endlich!

Nu?

Im Nu geht gar nichts. Vor der Liege war Schluss. Kein Entkommen. Statt Katzenstreu Gummituch, statt Kratzbaum glatt gestärkte Ärmel. Gegen unerwartete Ausscheidungen en masse frische Papiertücher. Der wichtige Mann im gewichtigen Weiß beherrschte den Raum. Von Salmis keine Spur. Was war bloß an ihm Pierrot, der ich nicht sein konnte oder sollte? Zumindest nach Famosa M.'s Willen.

Damals wusste ich noch nicht, dass sich nicht jeder mit Salmis schmückt, der Pierrot heißt und wenn er mit Rufnamen Pierrot heißt, auch nicht immer wie der alte Pierrot ist.

Nach meinem Dafürhalten ist das eine Selbstverständlichkeit. Ich behaupte schließlich nicht von mir und den meinen, dass alles Gold ist, was glänzt. Ich spreche ausdrücklich von Katzengold und stelle sicher, dass sie wissen, was ich meine.

So geht es mir jetzt: wie Katzengold.

Ich behaupte schließlich
nicht von mir und den meinen, alles ist Gold, was
glänzt
Und so geht es mir jetzt
Ich spreche ausdrücklich von Katzengold

16

Damals.....

Damals, als sich schließlich die Tür öffnete, vor die mich der wichtige Mann Schritt für Schritt gelenkt hatte, damals wusste ich rein gar nichts.

Ich war vorsichtig abwartend an der Tür stehen geblieben. Nur meinen Kopf hatte ich ein ganz klein wenig vorgestreckt, damit ich besser schnuppern konnte.

ich nur noch,
zeigte sie Kralle
war, so dass ich mic
zu werden.

Nie und nimmer würde ich mich noch einmal so weit vorwagen, dass ich gefangen, eingehaust und in eine fremde Wohnung verschleppt werden konnte, wie es eine selbsternannte Katzenfreundin mit mir getan hatte.

Das war alles damals, vor dem beinahe undenkbaren Damals und wirkte auf Gehirn und Pfoten wie Bremsbelag, als schließlich und endlich doch unstillbare Neugierde über mich kam und ich kurz entschlossen mit einem Sprung das Besprechungszimmer einnahm.

Bloß keine Kratzer hinterlassen, wenn es schon nicht ganz spurlos geht! Zwei Bildschirme hat der wichtige Mann. Vielleicht war er doch ein Pierrot?

Zwei Bildschirme hat schließlich nicht jeder. Im Grunde waren es sogar drei. Ein ganz kleiner lag griffbereit neben seiner rechten Hand. Der musste das Bildschirmjuwel sein. Ab und an nahm er ihn auf und sprach mit ihm. Ich war fasziniert. So etwas muss ich haben, wenn ich es zu etwas gebracht habe.

Damals wusste ich nicht, was die beiden Bildschirme im Besprechungszimmer bedeuten. Heute ist mir das Prozedere zur

Selbstverständlichkeit geworden. Erst wenn man furchtlos über sämtliche eigenen Schatten springen kann, die auf Handzeichen des wichtigen Mannes dort erscheinen, ist man einsatztauglich für fast alles, was jenseits von Nu liegt. Wie ich. Ich habe nicht gescheut, mir meine eigenen Knochen anzusehen. Der wichtige Mann in Weiß hat sie mir später gezeigt. Er hat gesagt, meine Pfoten hätten Mittelhandknochen. Toll!

17

„*Nun*“, sagte der wichtige Mann im gewichtigen Weiß betont gelassen. *„Sie sind also Katzikatz von Moorbad. Was führt Sie zu mir?“*

Meine Augen verengten sich misstrauisch. Woher wusste er?

„Nicht bluffen lassen“, mahnte ich mich. „Selbst, wenn er ein wichtiger Mann ist ... Selbst, wenn er d e r wichtige Mann ist - er hat keine scharfen Krallen, er sieht nicht aus wie ein Katzenentgräter. Er will mich nicht als Tellerablecker oder Schoßwärmer einstellen ...

Oder etwa doch?“

Mir brach der Schweiß aus, was für mich nicht angenehm war. Die Pfoten brannten. Ich merkte, wie sie unter mir wegrutschten. Wie peinlich! Hätte ich doch den Bremsbelag aktiviert! Ich riss mich zusammen, stand mit wackeligen Beinen auf und reckte mich.

„Du bist wer, zeig es ihm! Meine Herkunft - der Name allein ... Katzikatz ist ein Adel. Sozusagen das höchstkarätigste Katzengold auf dem besten aller Namen. Die Katze aller Katzen. Nur diejenigen dürfen sich so nennen, die in schnurgerader Linie vom Prinzen von Schnurripur und der erlauchten Prinzessin von Mahabad abstammen.

„Vielleicht haben Sie von Sindhbad gehört? Er war einer meiner direkten Vorfahren."

Leckerli für den Spaß. Meine Küche hieß Famosa
M.. Ich machte mir keine Gedanken um die Zukunft.
Die stand in den Sternen.
Von Schnuppen träumte
ich nur noch, wenn Schnurri zu laut schnurrte. Dann
zeigte sie Krallen, deren Länge völlig übertrieben
war, so dass ich mich schämte, mit so etwas bedroht
zu werden

„Sindhbad? Ein Fischkopp wie ich?"

Ich nickte eifrig, obgleich ich es unpassend fand, sich in Gegenwart einer hochgradig jagdversessenen Katze mit einem Fischkopp zu vergleichen. Oder wollte er mich in Versuchung führen?

Ich wurde förmlich.

„Herr Pierrot", begann ich mit leisem, aber tiefem Fauchmaunz, „Sindhbad war nicht nur Seefahrer, sondern ein bedeutender Vermehrer der Katzenpopulation. Wie Seefahrer mit Vererbungspotenzial sind: in jedem Städtchen ein Mädchen, in jedem Hafen die Strafen. Soviel zum Thema „Fischkopp“. Herr Pierrot, ich bin nicht gekommen, um über Fischköppe zu reden. Mein Fall ist ernster.“

„Ich weiß.“

Der wichtige Mann, der sich mit „Pierrot“ anreden ließ, obgleich er keine Salmis auf der Kleidung hatte und sich eines Fischkopps zieh, zog eine Augenbraue wissend nach oben. Wissend und belustigt. Ich war irritiert. Ich beschloss, nur noch aufzupassen.

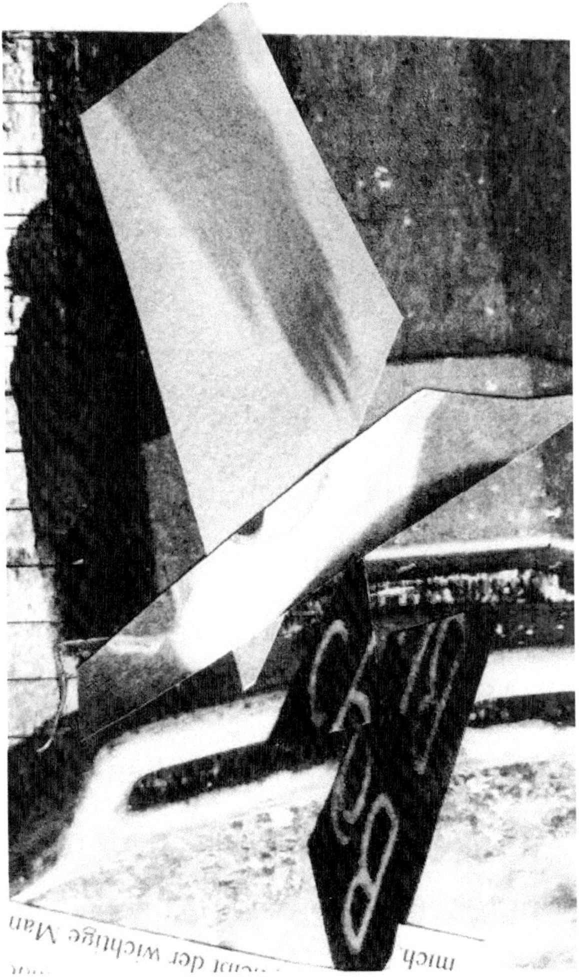
mich
der wichtige Man

Unter Umständen würde er versuchen, mich in einem der Bildschirme verschwinden zu lassen!?

„Kommen Sie von den Bildschirmen weg“, ermahnte mich der wichtige Mann.

Wie genau er beobachtet hatte! Tatsächlich hatte ich mich gerade zu einem meiner berüchtigten Stuntsätze auf eine passende Sitz- und Stehgelegenheit begeben und beobachtete das Geschehen auf den bewegten Mattscheiben, um eingreifen zu können.

„Ich habe ein Problem mit Ihrer Schilderung. Die Population … Sie sprechen für sich?"

Ich nickte, obwohl es nicht der Wahrheit entsprach. Nichts war nur für mich. Ich war über familiäre Bindungen dem Stamme der Schnurripurs verpflichtet, was als geheim galt, aber nicht war. Ich sah mich deshalb von Zeit zu Zeit genötigt klar zu stellen, dass ich mich in allerersterLinie um die der Mahabads kümmere, von dem sich alle Bads ableiten. Für den kurzen Dienstweg bei alltäglichen Fragen bat ich förmlich um Aufnahme als Vollmitglied in die regionale Hauptnebenstelle.

Wir gingen getrennter Wege. Ich weiß nicht,
welchen sie nahm. Sicher nicht über das Meer. Sie
wird den Landweg genommen haben. Ich komme
nach. Später. Irgendwann. Vielleicht. Weswegen
nicht gleich? Da war doch noch was.

„Ich denke nach wie vor an die Population. Wir sind auf Familiennachzug nicht eingerichtet“, wiegelte der wichtige Mann ab. *„Gibt es bei Ihnen so etwas wie einen „K-Funk“? Darüber ließe sich einiges regeln. Schließlich leben wir in einer Demokratie der Gewaltenteilung. Ich teile ein, teile aus und teile mit. Merken Sie etwas?“*

Die Frage nervte, aber ich merkte tatsächlich viel und freute mich.

„Es wird dauern“, dämpfte der wichtige Mann meine aufkeimende Hoffnung. *„Das Direktorium muss über Ihren Aufnahmeantrag beraten. Sie hören von mir.“*

Nu? Nichts mit Nu. Gewartet habe ich, gelebt habe ich. Erlebt. Viel. Bis eines Tages ...

18

Ich nehme an, ein Direktorium ist so etwas wie eine Gemeinschaftsküche. Ab und an steigt dort eine Party, zu der jeder seine eigenen Zutaten mitbringen muss. Die werden dann gewaschen, geschält, erneut mehrmals gewaschen und schließlich geschnipselt, bis sie in den Eintopf passen.

Gekocht wird so lange, bis selbst Zahnkranke nichts mehr zu befürchten haben. Das kann dauern. Warum sonst die lange Wartezeit von damals bis jetzt? Allein „jetzt“ dauert schon unheimlich lange.

Der wichtige Mann war noch immer nicht zurück. Genau genommen lief er ein paar Mal an mir vorbei, aber er nahm mich nicht zur Kenntnis. Ich versuchte mich in Deutungen dafür. Wahrscheinlich hatte er mal wieder nichts hinter die Kiemen bekommen.

Das Direktorium war also noch immer nicht so weit. Ich fand das nicht normal und machte mich schlau, woran es wohl liegen könnte.

ORITAIRE / LUF
PRIO

Am besten geht man dazu ins Treppenhaus. Dort weht die Luft der kalten Küche, durch die alles Mögliche hin und hergetragen wird. Mir stiegen die Gerüchte mit einer Penetranz in die Nase, dass ich nicht umhin konnte, sie zu überprüfen.

Angeblich läge die Verzögerung daran, dass ich im Vorspann der Eingabe einen Formfehler gemacht hätte, waberte es zu mir herunter, nachdem die Decke den Gerüchtedunst nicht mehr fassen konnte.

Hierzulande heiße es „Betr.“ und nicht „Re“, wie ich das „Betr.“ für mich individualisiert hätte.

Von Individualisierung könne keine Rede sein, ließ ich über das Treppenhaus die kalte Küche wissen. „Re“ sei international üblich und verständlich, sofern man davon ausgehen könne, dass der Leser etwas von der Relevanz einer Retrospektive versteht, die - voll ausgeschrieben - die Ein- bis Zweizeiligkeit eines „Betr.“ übersteigt.

Das Echo darauf war Durchzug. Mich regte dieser verbale Transitraum maßlos auf. Ich musste aus dem Vakuum heraus, die Zeit sinnvoll überbrücken.

19

Mich überfiel mein Spieltrieb, wie so oft, wenn ich übermüdet bin. Die Grenzen sind fließend, besonders, wenn ich vom Friseur komme.

Famosa M. hatte mich dorthin beordert. Sie nannte mich „schleichender Haarberg". Ihre Begründung: ich könnte wie einige meiner robusteren Verwandten einen antistatisch wirkenden Staubwedel statt Schwanz bekommen.

Ich gab nach.

So liege ich jetzt mit meinem frisch gefönten Fell in der Sonne, gähne nach Herzenslust und schlage die blaue Luft zu kleinen Bällen, die ich mir selber zuspiele.

„Blau, blau, blau sind alle meine Bälle …“

Ich schmettere nach Herzenslust. Links gegen rechts, rechts gegen links. Die Mitte gähnt, dass die Knochen knacken.

„Was gibt es da zu lachen“, höre ich noch gerade einen Lehrling im Fach Humor und schlucke...

„Blau, blau, blau ...“ Schluck.

Es war Freitag.

Schmetterball bist's gewesen, Schmetterling sollst du sein! Mindestens drei habe ich verschluckt. Sie toben in meinen Mägen, haschen sich, kitzeln mich. Ich wehre mich, ich würge, ich ergebe mich. Ich genieße. Da ist es schon Nacht. Ich kann nicht schlafen.

Zwei Monde sehe ich. Auf der blaumilchigen Straße dazwischen spaziert meine Cousine Schnurrischnurz von Moorpur wie ein Dressurpferd! Unsere Vorfahren haben sich ab und an gemocht.

nn ich nicht
nehr,
e

Das verbindet, wenn es nicht gerade mal wieder zu komplizierter Knötchenbildung kommt.

Das Fell der Seitenlinie ist pflegeintensiv, wenn es blau glänzen soll wie das von Schnurrischnurz.

Mit ihrem wehenden Langhaar bringt sie mich fast um den Verstand. Wie ist es sonst zu erklären, dass ich von der betörenden Vergesslichkeit eines betagten Cocker Spaniels wurde, dem Eide so egal sind wie Erziehungsversuche?

Hatte ich mir nicht geschworen, einmal Langhaar - nie wieder Langhaar? Hatte ich nicht gemeint, die kratzbürstige Erfahrung mit aufgehellten, hoch toupierten Angoras wäre genug, um nie wieder auf fusselnde Liebesschwüre abzufahren?

In Wirklichkeit konnten die Purs und die Bads nur einmal miteinander. Das allerdings gründlich und nachhaltig. Die Folgen sind nicht zählbar. Jegliche Statistik hat vor ihnen die Waffen strecken müssen. Seitdem wird sich allerorten um Frieden bemüht.

Von Schnurrischnurz und Moorpur zu Katzikatz und Moorbad waren es nur lächerliche 22 Generationen über mickrige 22 000 Kilometer hinweg. Großzügig gerechnet, meinen Katzensprung als Maßstab nehmend. Bei Gegenlicht.

Im Dunkeln schrumpfen die Distanzen naturgemäß. Dann sind es nur noch gefühlte 2,2 Kilometer und eine Generation. Ich habe das einkalkuliert, aber zu meinem eigenen Bedauern nicht immer auf den Punkt abrufbereit.

20

Die Purs waren bekannt für ihre Streitbarkeit, die Bads für ihre Gerechtigkeit. Beides zusammen ging selten oder nie. Und doch – die Gerechtigkeit fällt der Streitbarkeit immer wieder zum Opfer.

Fällt auf sie rein wie ich auf das blaue Wunder meiner Cousine Schnurrischnurz. Vergessen war Jagd und Instinkt, vergessen Ehrgeiz, Ehre, wichtiges Weiß und Direktorium. Vielleicht kochte es, vielleicht auch nicht.

Damals wusste
mit Salmis
Pierrot heißt, auch
Selbstverständlichkeit.

Ich verlegte mich aufs Betteln. Leckerli für den Spaß. Meine Küche hieß Famosa M. Ich machte mir keine Gedanken um die Zukunft. Die stand in den Sternen. Von Schnuppen träumte ich nur noch, wenn Schnurri zu laut schnurzte. Dann zeigte sie Krallen, deren Länge völlig übertrieben war, so dass ich mich schämte, mit so etwas bedroht zu werden.

Ich hätte den Krallen und der bösen Miene von Schnurrischnurz dankbar sein sollen. Mit jedem Einsatz kehrte mein gutes altes Bad-Bewusstsein zurück. Mir schmeckten die Leckerli nicht mehr. Ich sehnte mich nach Anglerglück mit Eimern voll Katzenglück.

Einmal noch Fische klauen! Einmal noch probieren, ob ich schnell genug bin. Kein noch so glatter Aal soll vor mir sicher sein können. Ich weiß, wie man sie aus dem Räucherofen heraus stibitzt.

Dann das Unglaubliche. Mir sträubten sich die Nackenhaare. Es war beinahe Verrat an unserer Katzenehre, was meine Herzallerliebste sich an Verleumdung leistete: Schnurrischnurz von Moorpur schmiss sich erst an meine Aale ran und klagte dann über Raub. Da machte ich mich aus dem Staub.

Wir gingen getrennter Wege. Ich weiß nicht, welchen sie nahm. Sicher nicht über das Meer. Sie wird den Landweg genommen haben. Ich komme nach. Später. Irgendwann. Vielleicht.

Weswegen nicht gleich?

Da war doch noch was …

21

Ich ließ mich nicht lumpen. Schnurrischnurz bekam von mir einen langen, einen großen Katzenjammer hinterhergeschickt. Sie sollte wissen, was sie an mir hatte.

Der Montag war besonders schlimm.

Ich schnupperte, schmeckte die Monde, die honigsüßen, sog sie in mich ein.

Bis Dienstag.

Dann galt es die Trümmer von Montag aufzuräumen.

Mittwoch war beängstigend.

Zurück zu Montag oder in einen grollenden Donnerstag ohne Perspektive für Trost?

Mir fehlte das Vier-Augen-Prinzip. Ich will ja nicht prahlen, schon wegen meines Gerechtigkeitssinns nicht, aber das Sicherheitsdenken unter optimaler Nutzung von Katzenaugen habe erst ich ihr beigebracht, der Schnurrischnurz von Moorpur. Ich habe mannigfaltige, internationale Erfahrung, die für die ununterbrochene Erhaltung unseres lebensnotwendigen Instinktes unersetzbar sind.

Einmal krähte so ein hässlicher Vogel, wir seien Fleischfresser und lebten unterirdisch ungesund. Körner seien das wahre Futter. Sie sei Saatkrähe, Fachfrau ...

„Eine Kostprobe gefällig?"

„Da sag ich nicht nein."

Ich lange nach dem Saatkorn – und was macht die Luftschlange? Versucht mir ein Auge auszuhacken. Da hättet ihr mich erleben müssen!

Ich – steuerbords ran an ihr gräuliches Federkleid … Klasse! Ein voller Jagderfolg! Sie tobte, hackte ins Leere und versuchte meiner Haare habhaft zu werden. Pech für sie!

Ich mag mir gar nicht vorstellen, wie sie Schurrischnurz zugerichtet hätte. Jede Wette: es würde ihr an einem Donnerstag passieren.

Am nächsten Donnerstag passierte glücklicherweise gar nichts dergleichen. Ich erfuhr über ein paar örtlich gut vernetzte Getigerte, dass sich Schnurrischnurz mal wieder kosimuckelig weich gebettet hatte. Glückwunsch, Cousinchen!

Ich kann mich eh nicht mehr viel um sie kümmern, seit mein amtlicher Antrag läuft. Schon geht es los...

„Katzikatz bitte melden“.

Träume ich?

Mit Sicherheit träume ich! Bei allen Katzenaugen, die auf mir ruhen.

„Hier Especia W. – Katzikatz bitte sofort auf Position K!“

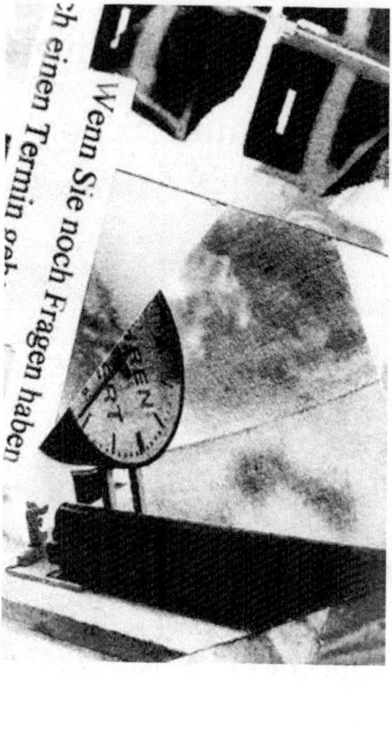
Wenn Sie noch Fragen haben
ch einen Termin

Especia W. klingt ein wenig hektisch, was damit zu tun hat, dass sie als Relaisstation von Einweisung 1 und 2, wenn schon nicht überall gleichzeitig, so doch nach allergrößter Möglichkeit rechtzeitig sein muss. Schon deshalb verstehen wir uns gut. Wegen der allergrößten Möglichkeit ihrerseits und der allergrößten möglichen Gerechtigkeit meinerseits.

Sie und Famosa M. tragen übrigens beide einen beeindruckenden Kopfputz, deren identische Erkennungsmerkmale ihnen ermöglicht, über die Köpfe aller hinweg schnell zum Ziel zu kommen. Der wichtige Mann hingegen trägt so etwas nicht. Schneller ist er dennoch.

Famosa M. und Especia W. nennen das große Weiß „Herr Dokter", was der Lautbildung ihrer Muttersprache näher kommt als „Pierrot". Ich mische da nicht mit, sondern ganz anders. „Herr Dokter Pierrot", heißt der wichtige Mann ab jetzt für mich.

„Katzikatz, melden ..."

„Especia W.! Nein! Doch nicht schon jetzt! Ich muss erst noch zu Ende erzählen."

„Wir brauchen zur Abrundung Ihres elektronischen Profilrasters ein paar zusätzliche Informationen."

„Das große Weiß hat eine Akte über mich angelegt."

„Das was?"

„Der wichtige Mann. Er hat mich gescreent."

„Wann können wir Sie erwarten?"

„Ich muss noch eine Runde im Revier drehen. Man kennt sich unter Katzen. Ein persönliches Wort hier und da zum Fest. Die Lieben, die uns verblieben. Jedes Jahr zählt doppelt."

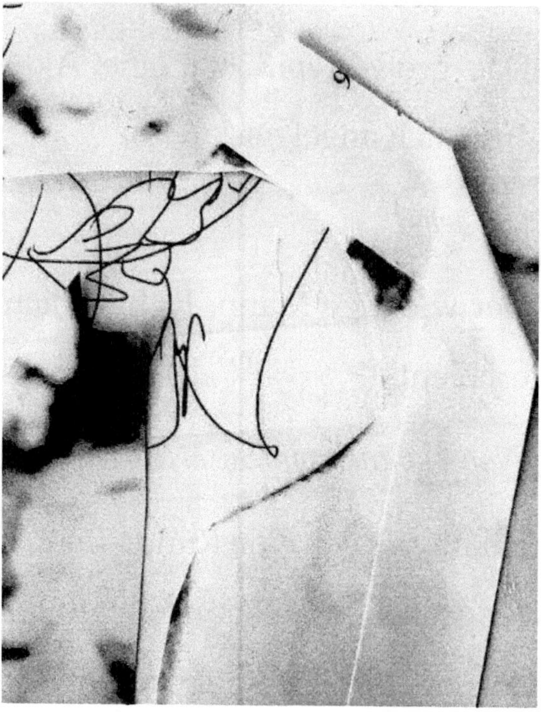

22

Ich muss zum besseren Verständnis meiner Zurückhaltung gegenüber Especia W. erwähnen, dass es nicht irgendein Donnerstag und irgendein Fest war, sondern Heiligabend.

Es war das letzte Mal, dass ich die schöne, spröde Schnurrischnurz sah. Ich lief etwas ziellos durch die Stadt auf der Suche nach passenden Kleinigkeiten für Eventualitäten. Keiner soll unbeschenkt bleiben, der es ehrlich mit mir meint.

Ich ließ mich nicht lumpen. Schnurrischnurz bekam
von mir einen langen, einen großen Katzenjammer
hinterhergeschickt. Sie sollte wissen, was sie an mir
hatte.
Der Montag war besonders schlimm. Ich
schnupperte, schmeckte die Monde, die honigsüßen,
sog sie in mich ein. Bis Dienstag. Dann galt es die
Trümmer von Montag aufzuräumen.
Mittwoch war
beängstigend. Zurück zu Montag oder in einen
grollenden Donnerstag ohne Perspektive?

Im Schaufenster des berühmtesten Juweliers entdeckte ich Schnurrischnurz Juwelen behangen in einer Ecke. In der anderen war ein kleiner Weihnachtsbaum mit ebensolchem Behang installiert. Die Ähnlichkeit war so groß, dass mir Schnurrischnurz leid tat.

Ich schlich mich nächtens zu ihr ins Fenster, um sie zu beschützen. Sollte es nur einer wagen, in die Nähe des Fensters zu kommen!

Meine Augen glühten, sie funkelten hart und unerbittlich. Ich war zum Äußersten bereit. Bei Bedarf wird gemaust, gemausert und mutiert. Da kenne ich gar nichts. Schnurrischnurz auch nicht. Nur richtete sich der katzige Grundsatz gegen mich, ihren Kurzzeitliebhaber.

„Mach dass Du verschwindest", fauchte Schnurrischnurz. *„Du nimmst meinen Kommissions-Edelsteinen zu viel Glanz weg."*

Ich war fassungslos, murrte etwas von: „Du trägst die Verantwortung, wenn nicht gar die Konsequenzen" und rechnete im Kopf schon mal den Kollateralschaden durch."

Danach zog ich mich zurück, machte mich auf den langen Weg in die Heilige Nacht zwischen Donnerstag und Freitag.

Frei war ich, frei und traurig.

Gerade da wehte mir ein vertrauter Duft in beide Nasenlöcher. Baldrian! Die Guten! Apfelmus nach Wiener Art!

Die Zutat: Especia W.'s drängeliger Arbeitsaufruf. Muss das sein? Noch habe ich gar nichts unterschrieben!

„Especia W. an Katzikatz – bitte sofort ins K-Zentrum."

Das war die Steigerung zu „K-Position". Auch davon biss die Maus keinen Faden ab.

Oh Maus! Oh Faden! Ich war gemeint. Ich war dran. Geschichte hin, Geschichte her - ich musste umgehend reagieren.

Ich wagte es:

„Hier Katzikatz. Was gibt's Neues?

„Ihr Vertrag ist unterschriftsreif."

„Primstens - ich bin schon auf dem Wege…bin gleich da... es kann sich nur noch um Minuten handeln. Was ich noch sagen wollte – bitte eine Extraportion Nachtisch für mich."

23

Es war Freitag. Das Direktorium tagte. Das Direktorium beschloss.

Der Beschluss lautete:

„Katzikatz von Moorbad hat Bleiberecht. Katzikatz von Moorbad wird bei freier Kost und Logis im Außendienst eingesetzt.

Katzikatz von Moorbad erhält Dienstanzug und Arbeitszeug.

Katzikatz von Moorbad verzichtet auf manuelle Kratztherapie an Menschen und Autos."

Ich war gerührt. Ich nahm den Beschluss sehr ernst und fing sofort an zu handeln. Es sollte nicht unbedingt mehr sein, aber vernünftig.

„Im Winter bitte zweimal pro Tag Trockenkost. Logis im Fahrradschuppen an geschützter Stelle. Dienstanzug nicht zu eng. Die Bewegungsfreiheit muss auch bei Kälte gewährleistet sein.

Ich habe zwar ägyptische Vorfahren. Die wurden damals erst nach dem siebenten Leben stramm gewickelt. Kein hinterhältiger Strampelsack - vor kurzem übrigens hier noch üblich - behinderte ihren Lebensweg bis dahin.“

Alles wurde bewilligt. Es war Freitag. Ich, Katzikatz von Moorbad, hatte den Sprung in den Stab von Herrn Dokter Pierrot geschafft. Ich wurde Kollege von Famosa M. und Especia W. Ich bekam einen Chip Bildschirm wie sie.

„Damit Katzikatz von Moorbad nicht mehr schreien muss.“

Der Hinweis war mir peinlich. Dieses Missverständnis! Wie konnte es nur das Licht der Welt erblicken, ohne mit mir auf roten Heller und

Glückspfennig abgestimmt zu sein! Ich legte die Intervention auf Wiedervorlage und die Mittelhandknochen übereinander. Ein geballter Mittelhandeindruck entstand.

Ansonsten war die Ansprache von Herrn Dokter Pierrot einfühlsam und farbig. Er plädierte für die Aufhebung der Annahme, dass nachts alle Katzen grau sind. Auch sei es wissenschaftlich durchaus nicht belegt, dass schwarze Katzen ganz generell Unglück bringen.

Weder vor noch nach dem Kreuzen eines Weges in welche Richtung auch immer.

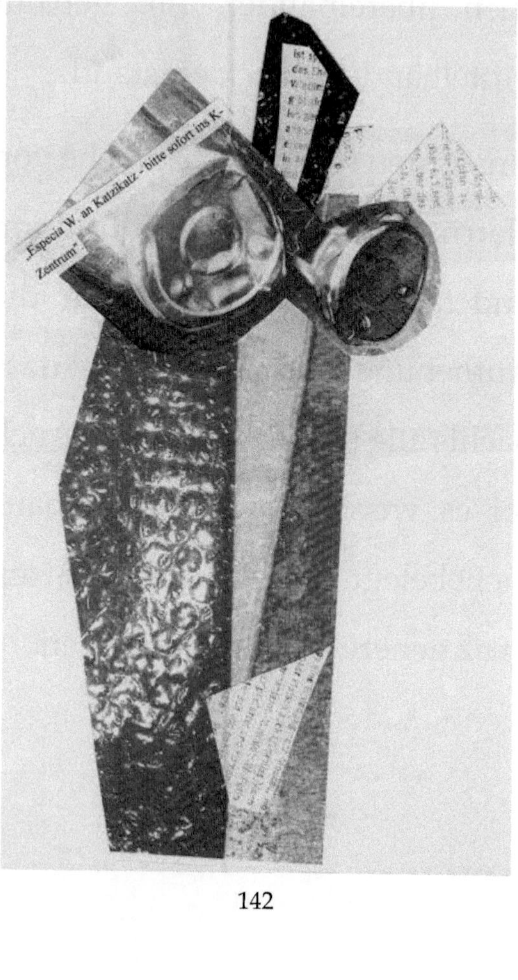

Herr Dokter Pierrot betonte die Wichtigkeit der geraden Streckenführung und verwies auf seinen anwesenden Stab.

„Herr Dokter Pierrot“, ich hatte jetzt artig eine Pfote gehoben, um anzuzeigen, dass ich es mit der Meldepflicht innerhalb von Einweisung 1 und 2 unter Berücksichtigung aller Möglichkeiten der Relaisstation genauso ernst nahm wie die anderen Punkte des nunmehr mit „Betr.“ („Re“) der Form genügenden Aufnahmeantrages.

„Herr Dokter Pierrot“, wandte ich bescheiden ein, „ich bin nicht wirklich gut im Stabhochsprung.“

Herr Dokter Pierrot blickte auf seine, dann auf Famosa M.'s Uhr.

„Alles gut! Sie sind über K-Funk kurz, lang wie hoch erreichbar. Wenn Sie noch Fragen haben, lassen Sie sich einen Termin geben.“

Herr Dokter Pierrot war schon weg, als mir einfiel, dass ich mich bedanken wollte. Irgendwann. Zunächst nahm ich von den Häppchen die angeboten wurden.

„*Katzikatz, bitte melden.*" Ich nestelte hastig an meinem Mini Guckkasten. „Hier Katzikatz auf Position K. ..

Ich, Katzikatz von Moorbad, war in den glücklichen Stand eines Angestellten mit Kündigungsschutz, Urlaubs- und Weihnachtsgeld, sowie allen Jubiläumsgratifikationen ab dem ersten Dienstjahr der Tarifgruppe KaHaT 5 erhoben worden!

Die Probe auf's Exempel:

Samstag alias Sonnabend und selbstverständlich Sonntag. Danach hören und sehen wir uns wieder.

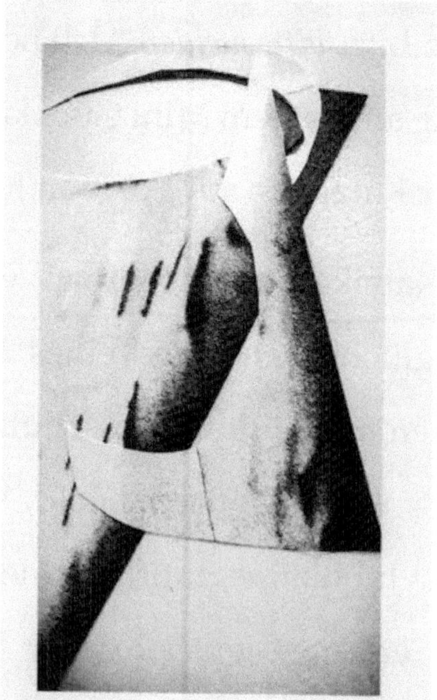

Bitte umblättern®

Ordinarius Veccius

Weitere Bücher von Irene Pietsch im
Mandamos Verlag UG (haftungsbeschränkt)

DoKa

Landarzt mit Zukunft, Russlands Beitrag zur Kultur Europas in Modest P. Mussorgskys „Bilder einer Ausstellung“, ist außerdem Dramaturg des großen Rätselratens um Nachspielzeiten in seiner bewegten Familiengeschichte, die er versucht, mit Mussorgskys Hilfe aufzudecken.

Paperback ISBN 978-3-946267-03-4
Hardcover ISBN 978-3-946267-04-1
e-Book ISBN 978-3-946267-05-8

ggg.plattform.ka

ist eine gewollte Satire.

Götter in Eile. Götter unter Erfolgsdruck. Engelsgleiche Geduld liegt ihnen nicht besonders, weswegen sie selber außerirdischer Hilfe bedürfen, um sich auf Erden beweisen zu können.

Paperback ISBN 978-3-946267-06-5
Hardcover ISBN 978-3-946267-07-2
e-Book ISBN 978-3-946267-08-9

Gestatten, mein Name ist Urbs

Urbs ist Gesandter in geheimem Auftrag einflussreicher Persönlichkeiten, um Lebensgewohnheiten vor Ort zu untersuchen. Dabei stößt er auf einen verdächtigen Handel mit Innovationen.

Paperback ISBN 978-3-946267-09-6
Hardcover ISBN 978-3-946267-10-2
e-Book ISBN 978-3-946267-11-9

Der kleine Mecklenburger

Ordinarius Villanova und Ordinarius Veccius machen sich auf den Weg, um den östlichen Nachbarn kennen zu lernen und erleben ein Konzert aus großem Theater, Oper und Kabarett.

Paperback ISBN 978-3-946267-12-6
Hardcover ISBN 978-3-946267-13-3
e-Book ISBN 978-3-946267-14-0

Jabo Clic

Ergänzte und überarbeitete Fassung von Durch & Durch Haydn

Im Mittelpunkt der Betrachtungen steht die Frage, ob die Welt ohne die Kreation des Tafelspitzes besser geworden wäre. Herr Grotschy gibt fachkundige Antwort. Er bezieht sich dabei auf den Komponisten Josef Haydn.

Paperback	ISBN:	978-3-946267-21-8
Hardcover	ISBN:	978-3-946267-22-5
e-book	ISBN:	978-3-946267-21-2